НА ПЛАТФОРМУ
КАССА →

географией
до океана

Детство сорок девять

Людмила Улицкая
с картинками Владимира Любарова

子供時代

リュドミラ・ウリツカヤ
絵 ウラジーミル・リュバロフ
沼野恭子 訳

CREST BOOKS
Shinchosha

序文

ウラジーミル・リュバロフと私が一緒に作ったこの本の裏表紙には塀に「リューシャ・Uとヴォーヴァ・Lがここにいた」[1]と書かれています。この落書きは、真実を物語っていると言えます。というのは、じっさいヴォーヴァと私は近所に住んでいましたし、同じ年に生まれ、縮れ毛の指導者[2]の石膏像をそれぞれ玄関ロビーに設置しているモスクワの学校に通っていたからです。ヴォーヴァも私も、革命博物館や「スターリンへの贈り物博物館」に連れて行かれ、鉋《かんな》をかけたスティックを長靴に括りつけスケート靴に見立ててスケートリンクに通いました。ラプターという球技をして遊び、ピオネール[3]のキャンプで夏を過ごしました。大学に入ってからは「ジャガイモ狩」の実習に行かされ、労働組合の集会では憂鬱で不愉快になったものです。気持ちを同じくする人たちと友達になり、そのうちの多くが亡命するのを見送りました。残った者たちで、ロシアの北ならヴォログダや白海、南ならクリミアに遊びに行きました。

　ところが、こんなふうに私たちの生活は、パラレルだったとはいえ、知り合ったのはじつはごく最近のことなのです。互いによく似た仕事をしているのが自然とわかってきました。ただふたりの扱っている素材が違うだけで、まわりの世界やそこに住む人々に対する見方がとても多くの点で一致するということもわかりました。子供時代を描いた私の物語の主人公たちは、ウラジーミル・リュバロフの描いた絵の雰囲気の中でそれぞれに息づき、ただもう合体することを求めていました。

ヴォーヴァとふたりで子供時代の思い出をあれこれ並べてみたら、素晴らしくぴったり合うではありませんか。私が子供時代を過ごしたカリャエフスカヤ通りと、ヴォーヴァが住んでいたシチポーク通りは驚くほどよく似ています。それに、家や中庭、ネコ、家の前の小さな庭が似ているだけでなく、私たちが子供時代を過ごした界隈に住んでいた人たちまでそっくりだったのです。

1　リューシャはリュドミラの愛称形、ヴォーヴァはウラジーミルの愛称形。
2　レーニンのこと。幼いころレーニンは縮れ毛だった。
3　ソ連時代の共産主義少年少女団。

子供時代　目次

CHILDHOOD FORTY NINE

by

Ludmila Ulitskaya

First Japanese edition published in 2015 by Shinchosha Company

Japanese translation rights arranged with

ELKOST Intl. Literary Agency

through Japan UNI Agency, Inc., Tokyo.

Illustrations by Vladimir Lubarov

Design by Shinchosha Book Design Division

子供時代

256

キャベツの奇跡

都会風のオーバーシューズを履き、厚手のスカーフを田舎風に巻いた小さな女の子がふたり歩いている。緑色に塗られた板張りの売店まで行くと、店の前にはもう黒々とした陰気な感じの行列ができていた。キャベツを運んでくる車を待って並んでいるのだ。

十一月の夜明けは遅く、朝になっても薄暗くどんよりしている。このどんよりした風景の中でたったひとつ心を和ませてくれるものといえば、祝日が終わってもまだ片づけられていない旗だけだが、湿気を吸って赤黒く変色していて、いかにも重たげに見える。

ふたりのうち年上のドゥーシャは六歳で、汚い一〇ルーブリ札をポケットの中でこねくりまわしている。イパーチエワおばあさんから預かってきたお金だ。おばあさんのところに少女たちが住まわせてもらうようになって、およそ一年になる。おばあさんは、年下のオーリャのほうにはキャベツを入れる袋を持っていくよう手渡した。

「持てるだけ買ってくるんだよ」とおばあさんは言いつけた。「それからニンジンも一キロばかりね」

ちょうどキャベツを漬物にする季節だった。イパーチエワおばあさんは、足が悪くて歩くのもやっとなので、キャベツを運んでくるのは骨が折れる。それに、いっしょに住むようになってからというもの、少女たちがほとんどの家事をしてくれるようになり、しかも自分から進んで楽々とこなすので、おばあさんもすっかりそれに慣れてしまった。

おばあさんは「雌象《スローニーハ》」というあだ名だったが、少女たちがこの「雌象」のうちに連れてこられたのは、一九四五年の暮れ、吹雪の夜で、真夜中といってもいい時刻だった。ふたりは、イパーチエワおばあさんからすると、その少し前に亡くなった妹の孫にあたり、孤児《みなしご》だった。父親は戦死し、母親もその一年後に亡くなった。それで近所の人が、残された幼い姉妹を「雌象」のところに連れてきたのである。それよりも近い血縁はいなかった。イパーチエワはとりあえず泊めてやったが、とりたてて喜んでいるわけでもなかった。翌朝レンジで粥《カーシャ》を温めながら、あたしに背負《しょ》いこませようってのかい、とぶつぶつ言った……。

ふたりはびっくりしてひしと抱きあい、互いにそっくりのつぶらな瞳でおばあさんを心細そうに見あげた。

最初の一週間ふたりは口をきこうとしなかった。どうやらお互い同士も言葉を交わしていないらしく、ときどきぼりぼり頭を掻く音をたてるだけだった。おばあさんも口をつぐんだまま何も聞こうとせず、自分のところに置いてやるか孤児院に送ろうかとずっと考えあぐねていた。

土曜日に、おばあさんは洗面器ときれいな下着を手に、あらかじめ髪に灯油を塗っておいた少女たちを連れてセレズニョーフカの公衆浴場に行った。風呂でさっぱりさせてから、初めてふたりを自分のベッドに寝かせた。それまでは床の上にマットレスを敷き、そこに寝かせていたのである。ふたりはすぐに寝入ったが、イパーチエワおばあさんはそれから仲良しのクロートワ[4]のところに行って長いこと話しこんだ。やがてお茶を飲み終えるとこう言った。

「まあ、いいさ、置いてやることにするよ。こんな年寄りのところに転がりこんできたのも、何かの縁かもしれないし」

4　ロシア語で「クロート」は「モグラ」を意味する。「ゾウ」おばあさんが親友「モグラ」に相談するところなど、メルヘンの要素が感じられる。

自分たちの先行きが決まったことを感じとったのか、ふたりは、まずお互い同士でおしゃべりをするようになり、それからイパーチエワとも言葉を交わすようになった。イパーチエワのことを「ターニャおばさん」と呼ぶようになった。新しい住まいにも馴染み「雌象」にもすっかり慣れたが、都会の子たちとはどうもそりが合わない。都会の子の遊びはわけがわからなかったし、家にいてミシンのそばにすわり、早くなったり遅くなったりするミシンの不揃いな音を聞きながら、床に落ちた布の切れ端を拾い集めているほうがよほど楽しい。イパーチエワは内職をしていた――運のいいときは新しい布を裁って仕立てることもあったけれど、たいていは古着を仕立て直したり繕ったりする仕事だった。

そういうわけで今、少女たちはキャベツを買いに行くところなのである。ドゥーシャはキャベツを漬ける容れ物をどうしたらいいか考えをめぐらせていた。漬物用の樽がないのだ。ドゥーシャのコートのポケットには穴があいていて、ポケットにはお札のほかに、雑誌から切り抜いたイラストが入っている。そこには、地図の一角に反り身の刀を振りかざし、黄色い歯を剥きだしにした日本人が描かれていた。

ドゥーシャは妹の鼻水を拭き取ってやり、かじかんだ指をポケットに入れて、筒のように丸まった一〇ルーブリ札を探りあてた。

「大きいのに、鼻もふけないんだね」とドゥーシャは小言を言いながら、寸分たがわずイパーチエワがする仕草を真似て、また手をポケットに突っこんだ。かじかんだ指は一〇ルーブリ札には触れず、黄色い歯をした日本人を具合よく筒形に丸めた。皺くちゃの札は、気を悪くしてポケットの穴から滑り落ち、凍りついた枯れ葉といっしょに舗道を飛んでいってしまった。

姉妹は、さほど長くない行列の一番うしろに並んだ。女たちが、キャベツは売りに来ないかもしれない、だからすごく辛抱強い人しか並んでいないんだ、などと話している。あとの人たちは、一〇分も並んだかと思うと「また戻ってきますから、よろしく」と言い残してどこかに行ってしまう。少女たちは、互いにぎゅっと体を寄せあい、凍えた足を踏みかえ踏みかえ立っている。おさがりのオーバーシューズはさんざん履きふるしてあり、暖かくないのだ。

「長靴を履いてくればよかった」とドゥーシャが言うと、

「長靴の上に猫が寝てたんだもん」とオーリャが答えた。

それから話すこともなくなり、ふたりとも口をつぐんだ。

四〇分くらい経ったころ、キャベツを載せたトラックがやってきた。積荷をおろすのに時間がかかったが、ふたりは店が開くのをじっと我慢して待った。まさかキャベツを持たずに家路につくことになろうなどとは夢にも思わなかった。

ようやく荷おろしが終わった。緑色の小窓が開いて、売り子の女がキャベツを渡しはじめると、行列はたちまち膨れあがった。順番を取っていた人も取っていなかった人も、われもわれもと行列に駆けより、少女たちはうしろへ、うしろへと、どんどん押しのけられていく。体はもうだいぶ前から凍えているうえ、雨とも雪ともつかないものが降ったり止んだりしている。スカーフは濡れているものの、まだなんとか寒さをしのげる。でも足はとうとう凍えきってしまった。ところが、せっかく少女たちが店のすぐそばまで近づいたところで、昼休みの時間が来たからとキャベツ売りの女は窓を閉めてしまった。カウンターのすぐ前に立っていたおばさんが騒ぎたてた。

「開けたばかりだっていうのに、なんですぐに閉めちまうのさ」

でも売り手は、「昼ご飯！」と一言怒鳴るなり、さっさと行ってしまった。

さらに一時間ほど過ぎた。あたりは薄暗くなってきた。本格的な雪が降りだし、ぼたん雪になった。前かがみになっている人たちの背中も、家々の背中も、見た目にも硬そうな青白いキャベツの山も、どんどん雪をかぶっていく。雪の白さであたりは少し陽気な感じになり、明るくなったような気さえする。

キャベツ売りの女が戻ってきた。ふたりの前にいたおばさんがキャベツを受けとったので、ドゥーシャは筒状に丸まった紙をポケットから取りだして開いた――するとそれはお札ではなく、日本人を描いたイラストではないか。ポケットの中をしばらく探ったが、ほかには何も入っていない。ドゥーシャはぞっとした。

「おばちゃん！　お金なくしちゃったの！」と叫んだ。「途中でなくしちゃった！　わざとしたんじゃないの！」

キャベツみたいに上着を何枚も重ね着して赤い顔をした売り子は、窓から乗り出して下を覗き、ドゥーシャを見ると言った。

「家に走っていきな！　母さんにお金をもらっといで。列に並ばないでも売ってやるから」

それでもドゥーシャは離れようとしない。

「穴があいてたの！　わざとしたんじゃない！」大声で泣きながら言った。

自分たちの身に悲しいことが降りかかったことがわかって、幼いオーリャも声をあげて泣いている。

「捜しに行っといで。道に落ちてるかもしれないよ」列に並んでいる浅黒い顔の女が促した。

「そうだともさ、きっと落ちてるよ」片目の老人がせせら笑うように言った。

「なにもたもたしてんのさ、ぐたぐた言っても始まんないよ！　さあ、どきな！」さらに別の人が声をあげた。

しょんぼり肩を落とし、スカーフを田舎風に巻いたふたりは、家に向かって歩きだした。雪と薄暗がりが落ち葉と混ぜあわさって山になっているところを足で掻き散らしたり、屈みこんで、雪がさくさく音をたてて渦巻いているところを白くなった指先で掘ったりしながら。大人が「泣き歌[5]」を歌うときのように、節をつけてドゥーシャが悲しげに言う。

「ああ困った！　私たちこれからどうなるんだろう！　おばさんに追いだされたら、どこへ行けばいいの！」

するとオーリャも、三角形に口の端を下げて、姉の言ったことを繰り返す。

「どこへ行けばいいの……」

真っ暗になってしまった。袋を肩にかけて、ふたりは家のほうへ、足を引きずるようにのろのろと歩いていく。賢いドゥーシャはずっと考えつづけていた。ひっぱたかれるか、下手をすると追いだされるかもしれない。そうならないようにするには、おばさんに何て言えばいいだろう……。盗まれた？　それとも横取りされた？「なくした」とは絶対に言ってはいけないような気がする。オーリャはすすり泣いている。ふたりは曲がり角のと

5　泣き歌とは、葬礼や婚礼などの場で歌われる儀礼歌。ロシアでは古くから伝統的に「泣き女」が悲しみを詩的に歌いあげてきた。

ころまで来て、道を渡ろうと立ち止まった。車が来るとびくびくしてしまう田舎の子の癖がいまだにドゥーシャには残っているのだ。むこうからトラックが走ってきて、目の前に延びている舗道のかしいだ敷石をヘッドライトで照らした。少女たちは立ちつくす。車がスピードを落とさずに急ハンドルでカーブを曲がると、街灯の下に、その積荷が青白い光を放って輝いた――荷台にうずたかく積みあげられているのはキャベツだった。車がふたりの前で曲がり、さらにスピードを上げて行きすぎようとしたそのとき、足元に大きなキャベツの玉がふたつ転がり落ちた。キャベツは道路にあたってガツンと音をたてた。ひとつは真っ二つに割れ、もうひとつはぴょんぴょん飛びはねて、オーリャの足元近くまで転がってきた。

ふたりは見つめあった――驚いている澄んだ青いふたつの目が、同じくらい驚いている澄んだ青い別の目を見つめている。肩にかけていた袋をおろし、そこに割れなかった丸一個のキャベツと、ふたつに割れたキャベツを入れた。ドゥーシャは袋を背負うことができなかった。それほど重かったのである。ふたりして袋の両端を持つことにした。機転のきくドゥーシャが下にボール紙を敷き、ふたりでずるずる引っぱって帰った。

イパーチエワは家にいなかった。仲良しのクロートワのところに行って泣き、いびつな形の更紗《さらさ》の布きれで涙をぬぐっていたのである。

「シューラ、考えてもみておくれ、二度も店を見にいったんだよ……。いなくなっちまった、あたしの可愛い子たちがいなくなっちまった……。ジプシーかなんかにさらわれちまったのかねえ」

「きっと見つかるって。あの子たちを連れてっちまうやつなんかいるわけないよ。自分のほうこそ、まあ考えてみてもごらんよ！」クロートワが慰める。

「ああ、なんていい子たちだったろう！　大切なやさしい子たち……。あたしがいなくてどうやって生きていくんだろう。それに、あたしは、このあたしは、あの子たちがいなくなったら、どうすればいいんだろう」イパーチエワはひどく辛くて、濡れた布きれをくしゃくしゃに丸めている。

少女たちはといえば、暗い家の中でキャベツを袋から出してテーブルに置き、コートも脱がず、椅子にすわってイパーチエワおばあさんの帰りをひたすら待っているのだった……。

ОДЕЖДА

БЛИНЫ
ЧАЙ

蠟でできたカモ

年とったロジオンが姿を現すのは、だいたい夏——ほとんど毎週日曜だった。ロジオンはいつも、骨と皮ばかりの大きな馬に曳《ひ》かせた荷車の横を歩いてきて、中庭の真ん中で立ち止まると、大きな声でこう叫ぶ。

「がらくた、ありがた〜」

この「がらくた、ありがた」はまるで歌のリフレインのようだった。なぜなら、もっと長々と続くからだ。

「骨、古着、紙、古い食器、何でもありがた〜」

真っ先にロジオンを取り囲むのは子供たちである。

荷車の後ろの部分には、古物が山と積まれていて、サモワールに取りつける煙突のつぶれたのやブーツの片割れまである。空き缶だって厭《いと》わず引き取る。荷車の前の部分に載っているのは、いつも変わらずベニヤ板製のスーツケースだ。

ロジオンがスーツケースを開けると、子供たちは息を呑む。宝物がいっぱい詰まっているからだ。薄いボール紙には小さな穴がいくつもあいていて、赤や緑の宝石のついたエレガントなイヤリングがその穴に掛けられているし、キャンディの入っていた缶には小さな指輪がごちゃごちゃと入れられている。色の塗られた半透明の蠟でできたカモたちがうずたかく積まれ、大きなガラスの球がいくつも、目も眩《くら》むほど煌《きら》めき、球の中で小さな魚や白鳥が誇らしげに泳いでいる。紙に縫いつけられたボタンや色とりどりの糸の房が五月の太陽のもとで魔法のように輝いている。

ワーリカ・ボブロワは荷車にぴったり貼りついて、見世物が終わるまで離れようとしない。ロジオンに引き取ってもらうものは何も持っていない。去年のいつ頃だったか、母親のスカーフを持ちこもうとして姉のニンカに見つかってしまい、取りあげられたうえ、ぶたれたことがある。その後もう一度、母にもぶたれた。

そして今、ワーリカはじっと立ったまま食い入るように宝物を見つめ、この中から何か選んでいいと言われたらどれにしようかと思案しているところだ……。ガラスの球のような大きな品には目もくれなかった――余計な期待をしたって無駄なので。緑色の石の付いている指輪と一羽のカモのどっちにしようか迷っていた。カモは、羽のところがへこんでいて、少しいびつだった。それから指ぬきもとても気に入っていた。子供用の小さな指ぬきで、針とボタンと一緒に箱に入っている。

商売はあまりぱっとしなかった。マルーシャおばさんがやって来て、錫《すず》で何度もメッキした鍋を持ちこんだ。鍋の底には穴があいている。おばさんは縫い針セットを欲しがったが、ロジオンが針一本しかやらなかったので、ロジオンのことをさんざんケチだ、しみったれだと罵《ののし》ったあげく、「クルィロフ小屋」と呼ばれる一角に帰っていった。戦前クルィロフ家の者ばかりが住んでいたのでこう呼ばれているのだが、今では五家族が暮らしている。

ペーチカ・ラズワーエフは古いオーバーコートを持ってきたが、ロジオンは受け取らなかった。お父ちゃんに耳引きちぎられるぞ！　まったくそのとおりだ。

サーシャ・モロキンは、オーバーシューズを三足持ってきた。五月の祝日のとき、行進が終わるや拾い集めたもので、早くロジオンが来ないかと待ち遠しく思いながら大事にとっておいた。本当は白鳥の入った球が欲しかったのだが、もらったのは、輪ゴムの付いた黄色い紙のボールで、それでも満足げだった。

それからシュールカ・トゥロクがやってきた。シュールカは大人の男で、ロジオンに何か囁《ささや》くと、ロジオンは頷いた。シュールカはこのあたりでだれひとり知らない者はいない泥棒なのだが、すばしこくて、だれにも捕まらなかった。

エゴロワおばあさんは綿入りの掛け布団を持ってきた。先ごろおばあさんの部屋が火事になり、火はすぐに消し止められたが、布団はかなり焼けてしまった。おばあさんはロジオンに、布団の燃え残りを大きな黒いボタン十個と交換してくれと頼んだが、ロジオンは出し惜しみして、燃えた布団とボタンを換えてやろうとしない。ふたりは長いことやり合っていたが、結局おばあさんは何も手にすることなく家に帰った。

ワーリカ・ボブロワは、目を皿のようにして一部始終を見て記憶に刻みつけていた。とても物覚えがよくて、ロジオンのところにだれが何を持ってきて、その代わりに何をもらったか、その後一生覚えていた。

ロジオンがスーツケースを閉めると、取り巻いていた人たちはそれぞれ散り始める。ワーリカはいつも最後の最後まで残った。この時は、とりたてて素敵なことは何も起こらなかった。この中庭に面した部屋に住んでいる人が手に入れたものと言えば、ワーリカが決して目もくれないような紙のボールと針一本だけだった。

ロジオンは慌てずゆっくり荷車の周りをぐるりと歩き、馬に触った。大きな緑の門はもうだれかが閉めてしまっていた。

「よお！　門を開けておくれ！」ロジオンがワーリカに叫んだので、ワーリカは矢のように飛んでいって開けてやった。玉石で舗装された道をロジオンは行き、ワーリカはひとり門のところに佇《たたず》んで、羽のへこんだカモのことを考えていた。

マトリョーナ・クリューエワおばさんがドアマットを塀でぱんぱんはたき、黒い埃をあげている。その時、家の中から空《くう》を切り裂くような声がして、おばさんはドアマットを放り出して家に駆けこんだ。湯を沸かした大釜にシーツを入れて火にかけていたので、幼いセリョージャをひとり台所に置いてきたおばさんは、セリョージャが火傷をしたのではないかと思い、ぎょっとしたのだ。

突如ワーリカは、度胸が据わり、ぞくぞく寒けがした。バネのようにさっと忍び寄ると、後先も考えずドアマットを摑み、ロジオンの後を追って駆けだした。ロジオンはもう隣の中庭に入り、例によって「がらくた、ありがた〜」と大きな声で怒鳴っている。

ワーリカは近所の子たちがひしめく間を上手にくぐり抜け、ロジオンにマットを差し出した。

「おや、思い出したのかい」ぶつぶつそう言うと、マットをちょっと指でいじくってから、荷車に放りあげた。

ワーリカはカモが欲しいと言いたいのに、口の中で舌がうまくまわらない。ロジオンはよく見もせずにベニヤ板製のスーツケースに片手を突っ込み、太い指で羽のへこんだカモを取りだしてワーリカの手に握らせた。ワーリカは両掌にカモを隠して、そっと家に帰った。度胸と寒けのせいで頭は真っ白、心臓はどきどき鳴り、すごく喉が渇いている。歩きながら、ただ一つのことしか考えられなかった——どこに隠そう……。

二年後、学校にあがると、ワーリカには才能が花開いた。栄養失調気味だったが、滅多にないほど身体が柔らかくて敏捷だったので、初めはピオネール会館のトレーナーから体操部に入るよう言われたが、やがてスポーツ専門学校に転校することになった。大きな競技会に出場し、他の町の強化合宿にも参加するようになり、たちまちスポーツマスターになったと思ったら、やがて国際的に有名な体操選手になった。

毎回試合に出るときには必ず度胸が据わり寒けがして、ワーリカはなぜか羽のへこんだ優しい蠟でできたカモを思い出すのだった。カモはとっくに彼女の熱い指の中で溶けてしまっていたのだが。

つぶやきおじいさん

ひいおじいさんの家族は大人数で、上は自分の連れ合いから、下は曾孫《ひまご》のジーナまで、ひいおじいさんは女たちのことをだれかれ構わず「娘」と呼んでいる。男たちはみな「せがれ」だ。もっとも長男だけは例外で、ちゃんとグリゴーリイと名前で呼んでいた。

最近ひいおじいさんはほとんど目が見えなくなってしまったが、光と闇を区別することはできて、窓や明かりのついているランプなら見えるらしい。ものを読むことなどもうとっくの昔からできなくなっているはずだが、どういうわけか曾孫のジーナは、ひいおじいさんが分厚くて重たい本を膝に抱えている姿を覚えている。

話をすることはめったになかったけれど、しょっちゅう何かぶつぶつつぶやいていて、それがあんまり小さな声なのでほとんど聞きとれないくらいだった。落ち窪んだ口の上で灰色の髭がもぞもぞ動いているのがわかる——子供たちが「つぶやきおじいさん」と呼ぶようになったのはこのためだ。とても物静かで、一日の大半を大きな肘掛け椅子に座って過ごし、ときおり半円形の小さなベランダに置いてある腰掛けに移ることもあるけれど、表には出ようとしない。

兄たちは学校に通っているし、大人たちはみな仕事に行くので、家族で一番小さなジーナがひいおじいさんと家で留守番をする。時おり、穴のかがってある青緑色の大きな肩掛けにふたりでくるまってソファに横になり、ひいおじいさんが少女にお話を聞かせてやることがある。いろいろなお話というのではなく、はてしなく続くひとつの物語で、風変わりな名前の人ばかりが登場するのだった。

ふたりには、もうひとつ楽しみがある。それは、ジーナがステッキを隠し、ひいおじいさんが手探りで探すという遊びだった。黒い木でできたステッキで、握るところが、耳の押しつけられた犬の頭になっている。ひいおじいさんは、いつでもステッキを見つけられるわけではなく、ときどきこんなふうに言うのだった。

「娘や、ベッドの下からステッキを取っておくれ、あんなところにゃ入りこめんよ」

兄のアリクが十歳になったとき、ひいおじいさんはアリクに時計をプレゼントした。それは当時の水準からすると、途方もなく高価なプレゼントだった。細い茶色のバンドがついた、レンガを思わせる形をした時計で、文字盤がいかめしげな顔つきをしている。玩具の時計に似ているので、少し立派に見えるよう頑張っているのだろう。

時計を持っている者などクラスにだれもいない。中庭で遊ぶ子たちにも時計を持っている者はいなかった。時計を持っているのはアリクただひとり。アリクは、五分ごとに時計を見やり、そのたびに、時間の経つのってなんていろいろなんだろうと驚くのだった。のろのろと時間の経つのが遅いときもあれば、気づかないうちにさっと駆け抜けていくときもある。

毎晩アリクは時計のネジを巻き、ベッドの横に並べた椅子の上に置いていた。ジーナがいくら頼んでも、ほんのわずかなあいだ手に持つことも許してくれない。ある朝、時計をもらって二週間ほどしたころ、アリクは時計をベッドの横の椅子に置いたまま学校に行ってしまった。学校への道すがら、忘れてきたことにはっと気づいたものの、引き返す余裕はなかった。

朝ご飯のあと、ジーナは置いてきぼりにされた時計を見つけた。注意深く手にとって、はめてみる。ひいおじいさんは首を振った。何か悲しいことでもあったかのように、ひいおじいさんはしょっちゅう首を振っているのだ。

中庭で、ジーナは近所の子たちに取り囲まれた。

「これ、アリクの時計だろ！」子供たちが口々に言った。

「ちがうよ、あたしの！」ジーナは嘘をついた。「うちのひいおじいちゃんは、目が見えなくなる前は時計屋さんだったの。だからこういう時計をうんとたくさん持ってるんだよ。あたしにもくれたんだもん」

ブラウスの袖をまくってブランコに乗った。ブランコを揺らすと、時計があたり一面にきらめき、シーツを干していたおばさんも、ひなたぼっこしていたネコも、砂の山にすわっている男の子も、時計がきらめくのを目にした。庭番までそれに気づいて、今何時かねと聞いてきたほどだ。ジーナは困ってしまった。まだ時計が読めないのだ。それで、急いでいるふりをして、あわてて裏庭に駆けていった。

そこでは、子供たちがバレーボールをしていた。頼むと、しぶしぶ仲間に入れてくれた。ジーナはちゃんとプレイすることができない。ぎこちなく指を開き、腕を上げて、ボールのほうから指にぽとんと落ちてくるのを待っているだけ。あんまり長いこと待っていたので、指を開いて宙でかまえていても無駄なような気がしてきた。それに腕も疲れてきた。とうとう待ちに待ったボールが来たと思ったら、だれかがやっかみ半分でねらい打ちしたため、ジーナの手首に強くあたり、時計は、ぜんまい部分とガラスとがばらばらになって飛び散った。ガラスは、陽を浴びてきらめき、悲しげな音をたてて地面にぶつかってから跳ねあがった。腕に残ったのは、バンドと光る台座だけだった。

……五月の終わりで、暑くなりはじめたばかり。いっせいに若葉をつけた菩提樹は、「ペンキ塗りたて」といった感じで、本当に油絵の具の匂いがほのかに漂ってくるような気がする。菩提樹は、今しがた起きたばかりの悲しい出来事に驚いて、立ちすくんでいるように見える。憎まれ口をきいたのは、意地の悪いコーリカ・クリュークヴィンひとりだった。

「やーい、アリクに叱られるぞ！　時計はおまえのなんだろうけどよ」

ジーナは飛び散った部品を拾って握りしめ、正面玄関の階段にゆっくり足をかけた。ステップの陽だまりから日陰にはいると、そこは湿った漆喰《しっくい》やネコの匂いがする。二階にあがっていくのに、ものすごく時間がかかった。泣いてはいないけれどとても辛くて、まるでジャガイモの入った袋をかつがされているみたいだ。かかとで長いことドアを叩きつづけたら、ようやくひいおじいさんがステッキをコツコツいわせながら足をひきずって歩いてくる音が中から聞こえてきた。ひいおじいさんがドアを開けてくれた。その痩せたおなかのあたり、しわくちゃのズックのズボンの襞に、ジーナは顔を埋めた。

「大丈夫、大丈夫だよ、娘や」ひいおじいさんは言った。「時計なんか持っていかなきゃよかったのにな」

「大丈夫だなんて！」ジーナはどなった。「よくそんなこと言えるよ！」

すると、涙がとうとうあふれだした。サーカスのピエロの目からほとばしり出るような勢いだ。ひいおじいさんの小さな乾いた手にガラスとぜんまいを押しこみ、台座だけが残っているバンドをはずすと、台座はまるで棺のふたのように恐ろしく感じられた。いつだったか一度、階段ですれ違ったときに見たことがある。

「大丈夫じゃない！　大丈夫じゃないよ！」おいおい泣いて涙にまみれたジーナは、すりきれた絨毯のような枕に顔を埋めた。ありったけの涙を流してしまうと、ジーナは深く寝入った。

小さな頭に白髪がまばらに生えているひいおじいさんは、壊れた時計を手に持ったまま、音もなく口をもぞもぞ動かしている。

ジーナが目を覚ますと、ひいおじいさんが机に向かっており、手元には陶器製の小道具箱が置いてある。ピンセット、ブラシ、小さな歯車、黒い枠にはまった丸い拡大鏡。この拡大鏡のことを、子どもたちは「ひとつ目」と呼んでいたが、ひいおじいさんはもう長いこと「ひとつ目」を使っていなかった。

ジーナは爪先歩きでひいおじいさんのほうに行き、とがった肩に寄りそった。ひいおじいさんは、すっかり元どおりになった時計のつまみにバンドをはめているところだった。

「おじいちゃんが直してくれたの？」ジーナは自分の目が信じられずに聞いた。

「そうだよ、ほれ。なのに、泣くんだから。替えのガラスはなかった。ここがちょっとだけひび割れておる」そう言って、硬くて長い爪で、ひび割れたところをこすった。「見えるかい」

「見える」ジーナは囁くように言った。「でも、おじいちゃん？　だって、おじいちゃん、目が見えないんじゃなかったの。見えるの？」

ひいおじいさんはジーナのほうに顔を向けた。その目は、もう輝きは失せていたが、いかにも優しげだった。ひいおじいさんはにっこりした。

「まあ、なんとかな。でも、見えるのはいちばん大事なものだけなんだよ」そう答えると、いつものとおり、ぶつぶつ聞き取れないことをつぶやき始めた。

物語はこれでおしまい。何年もの長い年月が流れ、ジーナは、当時のことをもうあまり覚えていない。でも、覚えていることは、年を追うにつれてくっきりしてくる。だから、ひいおじいさんがつぶやいていた言葉が何だったのか、あと少しでわかる、聞き分けられる、そんな気がするのだった。

釘

新潮社

新刊案内

2015 6 月刊

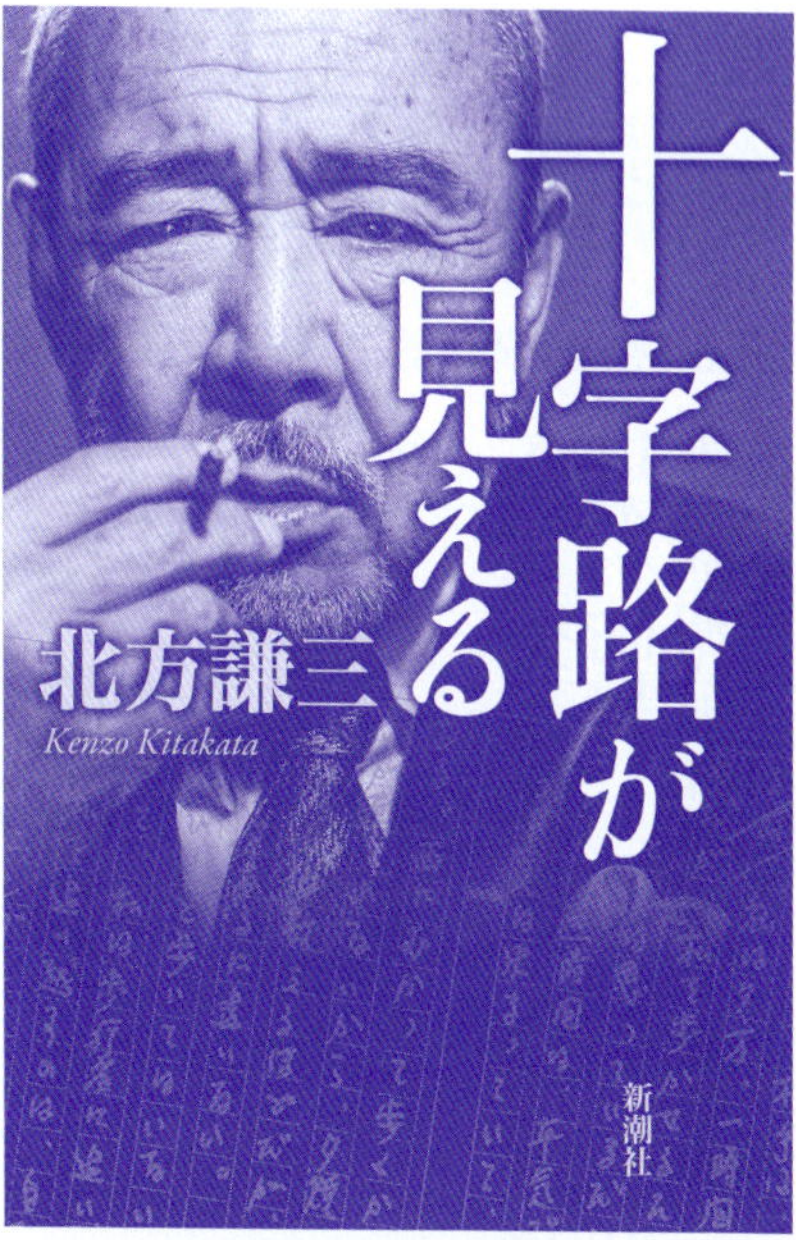

抱く女

この主人公は、私自身だ——。1972年、吉祥寺、学生運動、そして恋愛。激動の時代に生きる女子大生・直子を描く永遠の青春小説。

桐野夏生
6月30日発売 ●1500円

466704-8

十字路が見える

君は今、どこに立っている？　何を見て、何を聞き、どんな酒を飲んでいるんだ——人生の豊穣と黄昏。他の誰にも語れない至極の人生訓。

北方謙三
6月22日発売 ●1300円

356212-2

ゆらやみ

江戸末期の石見銀山。遊郭一の女郎と、彼女を助けるため人を殺めた少年。二人が巻き込まれる運命の果ては——。渾身の灼熱恋愛長編。

あさのあつこ
6月22日発売 ●1600円

306333-9

考えられないこと

河野多恵子
6月30日発売 ●2200円

307811-1

2015年6月新刊

リッツ・カールトンで実践した 働き方が変わる「心の筋トレ」

高野　登
6月18日発売 ●1400円

しなやかな心を作るため、ホスピタリティの達人が実践した「心がけ」のトレーニングとは？　忘れがちな素直さ、謙虚さに気づき直すための心と感性の整え方。

339371-9

人口蒸発「5000万人国家」日本の衝撃

人口問題民間臨調　調査・報告書

一般財団法人 日本再建イニシアティブ
6月30日発売 ●1500円

消滅するのは地方だけではない。首都圏

333732-4

その夏、妹のマーシャが生まれるとき、セリョージャは田舎に預けられることになった――他の子たちはおじいさんのうちにやられたけれど、セリョージャはひいおじいさんのところに行かされた。ひいおじいさんは遠い田舎に住んでいたので、たどり着くのに大変な道のりだった。父親とふたりでまず汽車に乗り、それから小さな蒸気船に乗り換え、それから長いこと歩いた。

夜更け近くにようやく村にたどり着いた。丈の低い雑草がもさもさ生えている狭い道の両側に、大きな灰色の家々が建ち並んでいる。中には窓に釘を打ちつけた家もある。道の中ほどを、足の細い毛むくじゃらの動物がのんびり歩いており、それを見たセリョージャが「変てこな犬！」と言った。

父は笑いだした。

「羊のこともわからないのか！　ほら、羊飼いがいるだろ！」

そう言ってセリョージャより少し年上の少年を指差した。裸足で、暖かそうな帽子をかぶっている。それもまた変てこだった。

ひいおじいさんが住んでいる農家は村の端にあった。中に入って、セリョージャは息を呑んだ。何から何まで、持っているロシアの昔話の絵本に描いてあるとおりだったからだ。ロシア式暖炉にはシープスキンコートが掛かっている。それは昔話のおじいさんが、自分のかわいそうな娘をモロスコ[6]の森に連れていくときに着るコートだ。それに、ペチカ用の鍋ばさみが置いてある場所まで、絵に描いてあるとおり。匂いも特別だった。一生忘れられないような匂い。古い羊皮、酵母、リンゴ、馬の小便その他わけのわからないものの混じった、この世にまたとない匂い……。

おばあさんがふたり、父のほうに飛んできて、キスしたり泣いたり、あれこれ尋ねたりした。戦前、まだ小さかったころ父もここに遊びにきたことがあるのだ。

セリョージャもキスされた。おばあさんのひとりはどうということもないけれど、もうひとりのほうはがりがりに痩せていて、歯が一本もなくて、怖い。

「セリョージャ、父さんのおばさんのナターシャおばさんとアンナおばさんだよ」父はそう言った。「おまえのおじいさんのおねえさんだ。だから、おまえにとってはおばあちゃんみたいなもんだね」

「おばあちゃんならもういるのに！」とセリョージャは沈んだ気持ちで思い、すぐに母親の母である、髪にパーマをかけたおばあちゃんのきれいな顔を思い出した。このおばあちゃんは劇場で経理の仕事をしているので、セリョージャをよく子供向けのショーに連れていってくれる。セリョージャは顔を歪めたが、何も言わなかった。

父がリュックサックからお土産を取りだすと、ひとり目のおばあさんはとても喜び、もうひとりのおばあさんは泣き出した。

「きっと、あっちのおばあさんは、こっちのおばあさんがお土産をぜんぶ取っちゃうんじゃないかと思って泣いてるんだ」セリョージャはそう思い、父をそっと小突いた。お父さんが自分で分けてあげてよ、そうじゃないと痩せっぽちのおばあさんが何ももらえなくなっちゃうよ。そう言いたかった。セリョージャは真っ正直な子だったし、家の近所でも公平に分けるのがルールだった。でも父は息子

6 「モロスコ」はロシアの昔話。継子のことを気に入らないおばあさんが、おじいさんに継子を森で置き去りにしてくるよう命じる。しかしモロスコ（厳寒の精）は継子が善良なので凍死させず、贈り物を与えて帰す。

の手を払いのけた。

「あとで、あとでな……」そう言いながら、父はどんどんお土産の包みを取りだす。

そのとき、ひいおじいさんが入ってきた。大柄で、不細工なクマみたいだった。おばあさんたちはすぐにおとなしくなり、片方が言った。

「お父さん、ヴィクトルが来たんですよ、イワンの息子の」

ふたりはキスし合った。

「われらが一族の者らしくなったのう」ひいおじいさんが低い声で言った。「ちいこい子だったが」

セリョージャは、父がおどおどしているように思えた。

おばあさんたちは、せわしなく動き回って、大きな黒パン、スプーン、「茶碗」と呼んでいる緑色の大皿をテーブルに並べた。

セリョージャにはだれも注意を払ってくれなかったが、退屈しなかった。いろいろな珍しい品々にそっと目をこらした。驚いたことに、見たことのあるものまでここでは何だか今までにない別の姿をしている。例えば、スプーンは木できているし、枕には、うちみたいに白いカバーではなく、赤いカバーやカラフルなカバーがかけられている。

怖くないほうのおばあさんが、青ネギ、キュウリ、ジャガイモを刻んで大皿に入れ、もうひとりのおばあさんが、どこからともなく裏ごし器と卵を持ってきた。ワラが裏ごし器から突き出ていて、本当に『めんどりリャーバ』[7]の絵本に描かれている絵みたいだ……。

子供が三人やってきた。そのうちのふたりは女の子で、セリョージャより年上、残りの一人が少年で、見た感じでは同い年か少し年下のようだ。

「ほら、仲間に入れてもらうといい」と父が言った。「おまえのはとこだよ」

三人は、マリンカ、ニンカ、ミーチカといった。

セリョージャはびっくりしてしまった。こんなにいっぱい親戚がいるなんて知らなかった。

食卓につく。テーブルの真ん中に茶色っぽいスープの入った大皿があるが、

7 『めんどりリャーバ』は、めんどりの産んだ卵をネズミが割ってしまう東スラヴの民話。

銘々皿はなく、スプーンと、パイみたいに大きく平べたいパンが置いてあるだけ。大皿から直接みんなで食べるらしい。ひいおじいさんが十字を切り、大皿からスープをスプーンで掬《すく》うと、続いてみな順番にひいおじいさんにならった。

「食べてごらん、オクローシカだよ」と父が囁いた。

みな何だかとても上手にスープを掬い、テーブルにこぼすような者はひとりもいない。ミーチカまでも。

ひいおじいさんが父に、工場のことや暮らし向きのことを訊ね、父はセリョージャのほうなど見向きもせずに答えている。セリョージャは、じっとすわってパンのかけらをいじくりながら、同じ大皿からみながスープを飲むことに驚いている。

アンナという名前の怖いほうのおばあさんが、とつぜん白い深皿を持ってきて、みなで共有の大皿から少しスープをよそい、セリョージャの前に置いた。

「さあ、お食べ、都会風に慣れちまったんだね」おばあさんは歯のない口元を動かして小声で言った。

女の子ふたりはくすくす笑い、男の子はふんと鼻息をたてた。

すると急にセリョージャは自分が不幸でひとりぼっちだという思いに襲われた。こんなところにいないで明日父と一緒に帰ろうと思った。

自分の前には白い深皿があり、他のみなは大皿から直接食べている。セリョージャにはそれがとてもみじめなことに思われた。父はそばにすわって食べているのに、何にも気づいてくれない。涙が喉のあたりまでこみあげ、もう今にもあふれそうになった。

「なんで食べないんだね？　嫌いなのかい？」おばあさんが聞いた。

「嫌いじゃない」セリョージャは蚊の鳴くような声で言った。

涙がひとりでにあふれ出てしまった。自分はみんなと同じように緑の大皿から食べたいのだとわかったが、もう手遅れだった。

だれも自分のほうを見ていない。セリョージャは、白い深皿を押しのけ、大皿のほうに身を乗り出した。スープは冷たくて酸っぱい。スプーンの中に、これまで食べたことのない緑の長ネギが浮いている。

その後、テーブルには大きな卵焼きと茹でたジャガイモが出された。ふだん食べているものと同じだったので、セリョージャはそれを食べた。アンナおばあさんは、セリョージャを寝かせるために部屋の反対側に連れていった。大きくて高いベッドがあり、カラフルな枕がいくつも並べてある。

横になってから、ここで暮すのはぜったい嫌だ、と思った。

翌朝、目が覚めたときには、父はもう帰ってしまっていた。そう告げたのはアンナだったが、セリョージャは相変わらずアンナのことを「おばあちゃん」と呼べないでいる。アンナおばあさんは、牛乳と残りもののパンを食べさせてくれ、遊んでおいでと言った。子供たちはもう遊びに行ってしまったようだ。

外に出た。まわりを一周してわかったのは、その家がかなり大きく、建て増しした部分もあり、少し離れたところに納屋が建っているということだ。ドアが開いていたので、納屋の中を覗いてみると、作業台があり、壁には鉋《かんな》やハンマーや鉄でできた道具がいろいろかかっている。名前も知らないようなものばかり。作業台の下には道具箱が置いてある。箱の中は仕切られていて、さまざまな釘が大きさごとに分類され納められている。セリョージャは、中くらいの長さの釘を手にとった。小指くらいの長さ。ハンマーも手にして、どこに釘を打とうかと場所を探した。

出入り口のところに腰をおろし、釘を箱から出して足元に山にして置き、敷居に釘を打ち込み始めた。最初はうまく打てず、指を叩いたり釘を曲げてしまったりしたが、だんだんうまくいくようになった……。

すると不意に、そこにいるのは自分ひとりではないことを感じた。すぐそばにひいおじいさんが立っていて、セリョージャのことを見ているので、びっくりしてしまった。ひいおじいさんは一言も口にせずにハンマーと釘を数本手にすると、セリョージャが打ちつけた釘の隣に等間隔で軽やかに釘を打ち込んだ。

「柄の先を持つんだ」老人はくぐもった声で言った。「それから、釘はこうやって立てるんだ。一発で打ち込んでごらん！」セリョージャは、ひいおじいさんが怒っているわけでもなさそうだとわかった。

老人の教えてくれたとおりハンマーを構え、それから長いこと釘を打っていたので、敷居はすっかり釘だらけになった。それから立ちあがって、出ていこうとした。ひいおじいさんは板に鉋をかけていたが、すぐに鉋を脇に置くと、先が二つに分かれて尖っている、曲がった鉄の道具をよこした。

「さあ、釘抜きを持ってごらん！　今度は釘を抜くんだ！　釘は必要なところに打つもんだ。あそこにゃ釘は要らん」

セリョージャは両手で釘抜きを受け取った……。ひいおじいさんはまた膝立ちになってセリョージャから釘抜きを取り返すと、どうやって持ったらいいか教えてくれた。その指はものすごく大きくて、手は黒く、爪は分厚くて古いボール紙のような茶色をしている。

「こんな指だったら、釘なんて、鉄挺《かなてこ》がなくたって抜けそうだ」とセリョージャは思った。

長いこと釘を引っかけようと格闘したが、思いどおりにならない。これから引き抜かなくてはならない帽子たちが、輝く道をなして並んでいるのをセリョージャは恨めしい思いで眺めた。罠にかかったんだと思った。ひいおじいさんが近づいてきて、ハンマーで釘抜きのつるはしのような部分を軽く叩くと、釘抜きは釘の首をしっかりくわえた。

「押してごらん！」ひいおじいさんが言うとおり、セリョージャは柄を両手で下に押した。

釘は、わずかに揺れたあと尻込みし、上にせり上がってくると、まるで待ってましたとばかりに軽々と楽しげに飛びあがってきたので、あとは最後の最後にほんのちょっと引っぱるだけでよかった……。釘はすっかり地上に姿を現した。

次の一本はそううまくはいかなかった。帽子が飛んでしまった。ひいおじいさんはちらりとこちらを見ると、相変わらずくぐもった声で言った。

「釘を大事にせい」

セリョージャは三本目に取りかかった。ひいおじいさんは道具箱を持ってきて、その中に入れるようにと言いつけた。こうしてセリョージャは、呼ばれるまでずっと釘抜きと渡り合うことになった。

昼食の後、ひいおじいさんがどこかに行ったので、セリョージャは隠れてしまおうと心に決めた。屋根裏にのぼる。そこは埃っぽく神秘的な場所だったが、敷居に打ちつけられたまま引き抜かれないでいる釘のことが気になってしかたなく、結局、屋根裏からおりて納屋に戻った。

それからまたひいおじいさんがやってきて、セリョージャの仕事ぶりを眺めていたが、何も言わなかった。どの指も傷つき痛んだが、なぜかその場を離れることができなかった。

「釘を打ちこむのは五分でできたのに、抜くのには百時間もかかりそうだ」セリョージャはだれにともなく腹を立てた。

暗くなるまで釘抜きや鉄挺《かなてこ》にかかりきりになっていたが、曲がったものも叩かれたものもすべての釘がようやく道具箱に収まった。セリョージャが箱をひいおじいさんに返すと、ひいおじいさんはそれを作業台の上に置いて言った。

「うちに戻ろう……」

ひいおじいさんは褒めてくれなかったが、セリョージャは満足だった。

翌朝は早く目が覚めた。女の子とミーチカが裸足で家中を歩きまわっている。セリョージャはサンダルを履きながら、どうしたらあの子たちの仲間入りができるだろうと考えていたが、そのときひいおじいさんが家に入ってきて言った。

「一緒においで、セリョージャ」

セリョージャはびっくりしたが、ついていった。

ひいおじいさんが向かった先は納屋だった。納屋では、相変わらず作業台の上に昨日の釘の入った道具箱が載っている。ひいおじいさんは、本くらいの大きさだけれどもっと薄い鉄板を取ると、それを背の高い丸太に載せ、二本の指で曲がった釘を取り出して、ハンマーで軽く叩き始めた。釘はまっすぐになり、これまでとは違ったふうに輝きだした。

「こういうふうにやってごらん」ひいおじいさんが言った。

セリョージャは呆気にとられた。

「そんな仕事、死ぬまでかかる」と思った。ハンマーを手にして軽く叩いてみる。釘は反対を向いてしまう。まるで生きているかのように、あっちを向いたりこっちを向いたりする。セリョージャは、打ち損ねて指を叩いてしまう……。

ひいおじいさんは、ふうむと声を出した。

「もっと軽く持つんだ！」

それでセリョージャは、泣きださないように唇をぎゅっと噛み、これでもか、これでもかと叩いた。しばらくの間はどうにもならなかったが、やがて突然ひとりでにうまくいくようになった。釘が言うことをきくようになったのだ。

仕事が終わったのでセリョージャは道具箱を作業台の上に置いた。ひいおじいさんはそれを作業台の下にある箱にしまい、それから背を伸ばして言った。

「鶏舎の板を二枚張り替えなくちゃならん。行こう、手伝っておくれ」

その夏セリョージャは、とうとう、はとこたちと仲良くなる暇がなかった。ひいおじいさんのあとをついてまわり、一緒にありとあらゆる仕事をしたからだ。指物《さしもの》仕事、家の仕事、鶏舎の仕事……。夏が終わりかけたころ、ひいおじいさんのところに荷車で木材が運ばれてきた。納屋のそばで荷がおろされた。ひいおじいさんは、それをためつすがめつ眺め回し、ため息をつき、首を振っていた。それから、セリョージャを呼んで手伝うよう言った。はじめ、ひいおじいさんは長いこと鉋の鉄を研ぎ、それから古いのこぎりの歯振《あさり》をつけ、用具が整っ

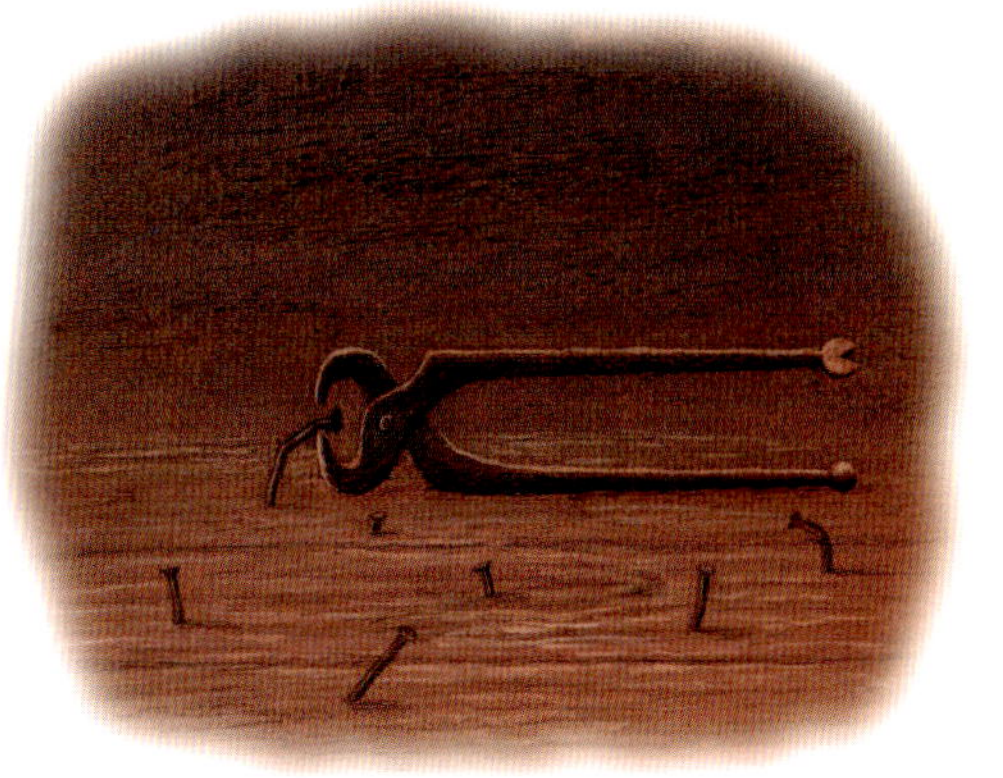

たところでようやく仕事に取りかかった。セリョージャの助けは必要なかったが、それでもひいおじいさんはセリョージャを手放してはくれず、何かしらずっとやることを与えた。セリョージャがいよいよ田舎を後にするという段になってようやく仕事が終わった。できあがったのは、蓋のついた大きくて長い箱だった。

はとこのミーチカが最後の日に聞いた。

「お葬式には来る？」

「お葬式って何？」セリョージャはびっくりした。

「ひいおじいちゃんは死ぬんだよ。そうじゃなきゃ、棺桶作るわけないだろ」

そうか。木の箱は棺桶だったのか！　セリョージャはようやく納得したのだった。

翌日、父が迎えに来た。ひいおじいさんが父に棺を見せると、父は「素材がとてもいいですね」と言った。

次の夏、セリョージャはまた田舎にやってきた。でも今度は前の年とはまるっきり違っていた。はとこたちと仲良くなり、一緒に小川に行ったり、森でベリーを摘んだりした。納屋には一度だけ行ってみた。作業台の上には釘の入った道具箱があった。あの夏セリョージャが形を直した釘である。でもひいおじいさんはもういなかった。

幸運なできごと

КОЛЯ

陽が照りつけるようになり、ぬかるみが乾いてきたら、さっそく寝具の虫干しを始める。それがハリマの習わしだった。黄色っぽい肌をした痩せた女で、色あせたシルクのスカーフを眉毛のあたりまで巻きつけている。折りたたみベッドを外に出し、その上に毛布やラッグや羽根布団を積みあげると、色とりどりの大きな山ができた。ずいぶん大きな山なので、二部屋しかない狭い地下室に、よくもこんなにたくさん収まっていたものだと不思議になる。ハリマはその地下の部屋に、坊主頭の夫アフメトと、いろんな年の子供たちをたくさん抱えて暮していた。外壁が板張りの二階建てアパートの一階にクリュークヴィン一家が住んでいたが、毛布や枕の山がたかだかと積まれているのが、まさにクリュークヴィン家の窓のすぐ下だった。

毛布や枕が、冬のあいだに溜めこんだ地下の湿り気を放ち、ぽかぽかと温まってくるころ、クリュークヴィン家の意地悪ばあさんは、植木鉢をいっぱい並べた窓から顔を出して、ハリマのことを一本調子でねちねちなじっていた。「コーリカ、コーリカや、ちょっとおいで！」ばあさんは、孫のいたずらっ子に言いつけた。「ほら、あれ、ぜんぶ落としてやんな！」

コーリカはいそいそと中庭に駆けていき、しばらく様子をうかがっていたが、ハリマが目を離したすきを見はからって、折りたたみベッドをどさっとひっくり返した。

ハリマは腹をたてた。まったくもう。どういうつもりなの。でも、口には出さずに我慢した。辛抱強い性格なのだ。落ちたものを拾い集めて折りたたみベッドに載せ、その横に娘のローズをすわらせた。見張り役というわけである。

たいていハリマがベッドを外に出すと、それが合図になって、菩提樹の木と木の間に張った洗濯ロープに女たちが冬のコートや布団を干し、垣根の上に、膨らんだ枕が、色とりどりの大きな猫のように並ぶことになる。女たちは、カーペットやドアマットを棒でぱんぱんはたき、部屋の中でたまっていた埃をもくもくと雲みたいにまきあげるのだった。

クリュークヴィン家のばあさんは、ずっと窓辺に立ってぶつくさ文句を言っていたが、そのうち自分もフラシ天のジャケットに風通しでもしようかという気になった。中庭に持ちだすのはごめんだよ、盗まれたらどうする。というわけで、屋根裏で風にあてることにした。

ばあさんはコーリカを呼び、屋根裏にあたしの「毛皮のコート」持ってってとくれ、と言いつけた。ただのジャケットなのに、もったいぶって「毛皮のコート」なんて呼んでいる。それから、玄関口の釘にひっかけてある鍵を取り、コーリカのあとについて、屋根裏に通じる階段をのぼる。

広い木の階段は、二階まで行くと幅が狭くなって急に曲がっており、さらにのぼると、低いドアに行きつく。

ばあさんが南京錠をあけ、朝日を浴びてほかほかしている大きな屋根裏部屋にコーリカとふたりで入った。屋根の勾配は左右不揃いで、屋根裏部屋のまんなかあたりで屋根が上に丸く突き出ている。一ヵ所、傾いた壁に両開きの大きな窓がぽっかり口をあけていて、そこから、ぼんやりした光が縞状にゆらゆら差しこんでいる。

コーリカは、前にもここに来たことがあるけれど、来るたびに、ガラクタの山を前に息を呑んでうっとりとなり、一風変わったこの光景を食い入るように見つめてしまう。サモワールに取りつける煙突や角《つの》の形をしたハンガー、垂直に立っている長持ち、横向きに倒れ柔らかい埃のカバーをかぶっているタンス。

コーリカはそっちに走っていこうとしたが、ばあさんはジャケットを洗濯ロープにかけると、コーリカを出口の方へ引っぱっていった。低いドアに錠をかけ、上体を折り曲げ、むくんだ足で板張りの階段を重々しく踏みしめて降りていく。あとについて降りながら、コーリカは、なんとかしてばあちゃんから鍵をくすねて屋根裏にひとりで忍びこめないものかと頭をひねった。でも、ばあさんは鍵をしっかり手に握りしめ、その手をエプロンのポケットに突っこんでいる。

コーリカは中庭に出て、思いつめたように屋根を見上げた。屋根裏部屋の窓は少し開いている。大きな菩提樹の幹が二手に分かれて窓のほうに伸びているが、途中でそれているので、菩提樹から屋根によじのぼることはぜったいできない。あとの時代にできたレンガ造りの三階建てアパートが、今にも壊れそうなこちらの木造アパートに、壁と壁をぴったりくっつけて立っているが、三階建てのほうは、このあたりではぬきんでた摩天楼で、木造アパートより一メートル半ほども高かった。

「三階建ての屋根裏に行くドアが開けば、一か八かやれるな」

コーリカはそう考えて、一気に三階まで駆けのぼった。そこにはドアが三つあった。両側のふたつは住居の玄関ドアだったが、まんなかのちょっとお粗末なのが屋根裏に通じるドアのようだ。錠がかかっている。コーリカは抜け目なく頭を働かせた。そして、母親がアパートの管理人をしているヴィーチカのところに行って、屋根裏の鍵を取ってきてくれ、と頼み、ぬけぬけとこんな嘘をついた。屋根にボールが載っちゃったんだ、だれのボールだと思う、ここいらじゃ知られたシュールカの革のボールなんだぜ、だれもボールがどこにいったか知らないけど、おれ屋根に載ったのをこの目で見てた。屋根裏の鍵をちょろまかしてくれたら、これからずうっとシュールカのボールがおれたちのもんになるんだ！

ヴィーチカは目を輝かせ、すぐに、まかせとけ、と約束した。鍵を持ってくるのは造作もなかった。母親はペチカの脇に据えつけた狭い寝台で軽いいびきをかいて寝ており、鍵束はテーブルの上にこんもり置いてあった。

三分後には、ふたりして屋根裏のドアの前に立って、錠に鍵を合わせていた。隣の玄関ドアからコニュホフじいさんが出てきて、胡散臭《うさんくさ》そうにふたりを見て、そこで何しとるんだねと聞いた。ヴィーチカはひるんだが、コーリカは愛想よく、しらじらしく答えた。

「ナースチャおばさんに、ホウキ持ってきてって言われたんです、ここにあるかって……」

「ほおお、そおか」コニュホフじいさんは納得し、間延びしたようにそう言うと、杖をこつこついわせながら階段を降りていった。

ついにドアが開いた。コーリカは、こちらの三階建てアパートの平べったい屋根裏はまるで眼中にない。ネズミの臭いがするし、古いベッドはひっくり返っているし、ベビーバスがあるだけだ。

「うちの屋根裏とはぜんぜんちがうな」ふとそう思う。そして、むこうの大きなガラクタの山にどうやったらたどり着けるだろう、サモワールの煙突はどんな音が出るんだろう、あそこに住んだらさぞいい気分だろうな、などと考えをめぐらせた……。

ふたりは天窓から屋根に這い出た。屋根は平たく、だいぶ前から塗りなおされておらず、まったく囲いもしてない。はじっこの錆びた鉄が薄く折り返してあるだけで、歩くたびに鈍い音を立てる。下を見るのは怖い。

「ボールなんか、ないじゃない」ヴィーチカが囁いた。「どこなのさ、ボール」

そう言いながら、自分もうっとりとなって下のほうにじっと目を凝らしている。下では、大地が丸くなっているように見える。こんな高いところから見ると、この大地がどれほど丸く、どれほど大きいのかということがよくわかる。小さなアパートが一定方向にずらりと建ち並び、まるで地平線が一望できるかのようだ。アパート群はどこまでも続いていて、灰緑色の靄《もや》に溶けこんでいる。いちばん背の高い菩提樹の木も、自分たちより下にある。菩提樹はまだ本格的な葉はつけておらず、枝が淡い緑色をしているだけなので、枝と枝の間から中庭や、隣の中庭、道路のほんの一部、体を震わせて走っている路面電車が見える。火の見櫓《やぐら》は、近くにあってサイズが小さくなったかのように見える。ピメノフスカヤ教会のどっしりした建物も同じく、近くに小さく見える。

「ボールって？」自分でうまいこと考えついておきながら、すっかり別のことに気を取られていたコーリカは、おもわず聞き返してしまった。「ああ、ボールか……。うん、きっとあっちに飛んでったんだな」そう言いながら、二階建てアパートにかぶさるように突き出ている屋根の端のほうにしっかりした足取りで歩きだした。

「ちょっとここにいろ、おれはあっちの屋根におりる。たぶんボールはむこうだ」自分のアパートの屋根裏に取りつかれているコーリカは、レンガ造り三階建ての屋根の端につかまり、もう足をぶらつかせている。それから屋根につかまっていた指を緩めて、木造二階建ての屋根にぽんとうまいこと飛びおりた。こっちの屋根はでこぼこで、歩くのも容易ではない。開け放たれている屋根裏の窓のほうに行き、窓枠をつかんで下を覗いた。

裏庭、葉をつけてない大きなナラの木、納屋のまわりの地衣植物、シュールカの鳩小屋、この中庭の連中だれもが憧れているオルロフおじさんの輝ける「オペル＝カデット」[8]が見える……。コーリカはしゃがんで、視界にはいってこないものまで見ようとした。色とりどりの羽根布団を載せた折りたたみベッド、砂場、たった今砂で遊んでいた幼いニンカとワレールカ、ドミノ・テーブル……。

クリュークヴィンばあさんは、ときどき屋根裏部屋の鍵をがちゃがちゃいわせながら、まだ気がおさまらなくて文句を言っている。

「まったくもう！　ひとのうちの鼻先に自分ちのボロを並べるなんてさ」

それから立ちあがり、シャベルを手にすると、ペチカから少し灰を掻きだして窓辺に持っていった。ハリマがちょうどこのときむこうを向いたので、ばあさんは、窓から灰を、なんともスポーツマンのような素早さで折りたたみベッドの上にざざっとばらまくと、こすからい顔をして、ちっちゃな女の子みたいにカーテンのかげに隠れ、ハリマの様子を窺った。でもハリマは、下の息子ふたりの鼻水を拭いてやっていて、まだ気づいていない。

そのとき突然、おかしな形のものがばあさんの目の前に一瞬ちらりと現れて消えた。黒くて小さくて、石のように、上からハリ

8　ドイツの自動車メーカー「オペル」社が当時生産していた小型大衆乗用車。

マのボロの山めがけて、どしんと落ちたので、折りたたみベッドが唸り声をあげてへし折れた。青白い顔をしたコーリカの上に、ハリマが屈みこんだ。コーリカの顔を覗きこみ、口から血が細く流れ出ているのを見て、その手をとった。

「生きてる？　生きてるの？　手や足は大丈夫だった？」そしてタタール語で何かつぶやきながら、腕白でずるがしこくて近所のだれにも好かれないこの少年を嬉しそうにぎゅっと抱きしめた。

何が起こったのか、まだよく呑みこめないまま、ばあさんは折りたたみベッドのほうへよたよたと駆けよって叫んだ。

「やってくれるよ、この子は！　まったく、やってくれるよ！　いったいどっから落ちたんだい」

生きていたばかりか、怪我もなく、舌を嚙んだだけだったコーリカは、夜、鞭《むち》のお仕置きを食らうことになった。

翌日、意地悪ばあさんは、コーリカの手を引き、ハエがたからないようタオルで覆った大きな手作りのジャム入りパイを、地下のハリマのところにものものしく運んでいった。ばあさんがハリマに頭をさげ、派手な大声でこう言う姿を、近所のだれもが目にすることになった。

「許しておくれ、ハリマ。どうか仲直りのしるしに食べとくれよ」

玄関に立っていたハリマはといえば、背が高く、痩せた馬のようにもクロヒョウのようにも見え、あいかわらず色あせたスカーフを巻いていたが、その姿は、驚くほど美しかった。

折り紙の勝利

お日様が出てきて、黒っぽくでこぼこした雪を溶かすと、冬の間に溜まった人間の生活廃棄物が汚い水の中から浮びあがってくる――古着や骨や割れたガラスなどだ。そして、いろいろなものの混じりあった匂いが大気中に立ちのぼる。中でも一番強いのは、春の大地が放つ湿った甘い匂い。そんななか、ゲーニャ・ピラプレチコフが中庭に出てきた。ピラプレチコフというのがなんだかおかしな綴りなので、ゲーニャ少年は字が読めるようになってから、自分の苗字を恥ずかしく思っていた。

それに、ゲーニャは生まれつき足が悪く、飛び跳ねるような変わった歩き方しかできない。

それに、ゲーニャはいつも鼻がつまっていて、口で息をしている。唇が乾いてしまうので、しょっちゅう舐《な》めていないといけない。

それに、ゲーニャには父親がいない。子供たちのうち半分くらいは父親のいない子だけれど、他の子たちと違い、ゲーニャは「父さんは戦争で死んだ」と言うわけにいかなかった。もともと父親などいないからだ。こうしたことがあれこれ重なって、ゲーニャはとても不幸だった。

さて、ゲーニャが中庭に出てきたのは、冬から春にかけての病気がようやく治ったからだった。頭にスカーフをして、その上からウールのスキー帽をかぶり、首にグリーンの長いマフラーを巻いている。

日なたは異様なほど暖かく、小さな女の子たちは長靴下を捲りおろしていたので、靴下がくるぶしのあたりで硬いソーセージのようになっている。七号室のおばあさんは、孫娘に手伝ってもらって椅子を窓のすぐそばに持っていき、日なたに座って首をのけぞらせている。

空気も大地も——すべてが膨れ、活気がみなぎり、とりわけ裸の木々は、小っちゃくて幸せな葉っぱでもう今にも破裂しそうだ。

ゲーニャは中庭の真ん中に立ち、茫然として天のうなり声に聞き入っていた。太った猫が、濡れた大地を脚で用心深く確かめながら中庭を斜めに突っ切ろうとする。

最初の泥饅頭は、猫と少年のちょうど真ん中に落ちた。猫は体をくねらせ、ぴょんと後ずさりした。ゲーニャはびくっとした——泥がべったり顔にはねたのだ。二つ目のかたまりは背中に命中した。三つ目が来ないうちに、飛び跳ねながらアパートの入口ドアに突進する。でたらめに作ったフレーズが、音を響かせて槍のように後ろから飛んできた。

「できそこないの、鼻たれゲーニャ！」

ゲーニャはあたりを見回した。泥を投げつけたのはコーリカ・クリュークヴィンで、女の子たちが囃《はや》したてている。その後ろにいるのがジェーニャ・アイティル。このアイティルのためにみんな必死になっているのだ――言いなりにならない者を「敵」呼ばわりする、ずる賢い、怖いもの知らずだからだ。

ゲーニャが入口ドアに突進すると、祖母がもう階段を上から降りてくるところだった。とても小柄なおばあさんで、永遠に緑色の花や永遠に青い花が片側の耳のすぐ上に載った帽子をかぶっている。ふたりはミウスキー公園へ散歩に行くところだった。おばあさんの肩には、使い古しの死んだ狐が琥珀色《こはくいろ》の目を輝かせて平たく乗っかっている。

……夜、グリーンの衝立《ついたて》の向こうでゲーニャがいびきをかいて寝ているとき、母とおばあさんが長いことテーブルに向かい合っていた。

「なんでかねえ。なんであの子たちはいつもゲーニャをいじめるのかねえ」ようやくおばあさんが辛そうな囁き声で言った。

「ゲーニャのお誕生日にあの子たちを呼ぼうと思うの」母が答えた。

「気が変になったのかい」おばあさんはびっくりした。「あの子たちは子供とも思えない、ワルどもだよ」

「他に手立てがないんだもの」沈んだ声で母が言った。「パイを焼いて、ご馳走しなくちゃ。とにかく子供会をしましょう」

「ワルの泥棒だよ。家中のものを持ってかれちまう」おばあさんは反対した。

「盗られるようなものある？」母が冷ややかに聞いた。

おばあさんは口をつぐんだ。

「母さんの古いブーツなんかだれも盗ろうなんて思わないわよ」

「ブーツなんて関係ないだろ」おばあさんは物憂げにため息をつく。「あの子がかわいそう」

二週間が過ぎ、穏やかで優しい春になった。ぬかるみはすっかり乾き、先の細く尖った草が、ゴミだらけだった中庭一面を覆ったので、住民がいくらゴミを捨てても、中庭は汚く見えなくなった。庭は清潔で青々としている。

子供たちは朝から晩までラプターをして遊んでいる。[9] 塀はチョークや木炭で書かれた矢印の落書きでいっぱいになった。「ワル」チームが「コサック」チームから走って逃げるとき、自分たちのマークを書き残したからだ。

ゲーニャはこのところ、もう三週間も続けて学校に行っている。母親とおばあさんは目を見交わす。おばあさんは迷信深いので、邪視を恐れて、肩越しに唾を吐いた。[10] たいてい病気と病気の間の元気な期間は一週間と続かないのだ。

おばあさんはゲーニャを学校へ送っていき、授業が終わるころに学校の玄関で待ちかまえていて、ゲーニャがやってくるとグリーンのマフラーを巻いてやり、手を繋いで家に帰る。

誕生日の前日、母はゲーニャに、本物のお祝い会をすることにしたと伝えた。

9　バットとボールを使って行う、クリケットに似たロシアのスポーツ。

10　ロシアの迷信では、前もって良いことを言ったり言われたりすると、邪視（邪悪なまなざし）がそれを阻止しようとするという。邪視に悪さをされないよう、悪魔がいるという左の肩越しに唾を吐く（あるいは唾を吐く真似をする）とか、木（木製のもの）を叩くとかする風習がある。

「クラスメートでも近所の子でも、呼びたい子を呼んでいいのよ」と母が持ちかけた。

「だれにも来てほしくない。やめようよ、ママ」ゲーニャが頼んだ。

「だめ」母は短く答えた。母の眉がぴくりと動いたのを見て、ゲーニャは、これは逃げられないと観念した。

夕方、母は中庭に出て、自ら明日の誕生日会に子供たちを招待した。片っぱしから、選り好みせず全員を招待したが、ジェーニャ・アイティルにはひとり特別に声をかけた。

「ジェーニャも来てね」

アイティルがとても冷たい大人びた目で見返してくるので、母はうろたえた。

「何だよ、行くさ」アイティルは落ち着いて答えた。

そして母はパイ生地をこねに戻った。

ゲーニャは憂鬱そうに部屋を眺め回した。何よりも気詰まりなのは、光り輝く黒いピアノだ。こんなの、だれの家にもきっとない。本棚、戸棚に置いてある楽譜。これはまあ仕方ないにしても、ベートーヴェン、この恐ろしいベートーヴェンのお面《マスク》！　きっとだれかが意地悪く「これ、おまえのじいさん？　それとも父さん？」と聞いてくるだろう。

ゲーニャがおばあさんにお面をはずしてと頼むと、おばあさんは驚いた。

「どうしてまた急にこのお面が邪魔だなんて言うんだい。母さんの先生がくれたものなんだよ……」それからおばあさんはお決まりの話を始めた。母さんがどれほど才能のあるピアニストだったか、戦争さえなかったら音楽院を卒業していただろうに。

四時少し前には、繰り出し式テーブルを広げた上に、野菜を細かく刻んだヴィネグレート・サラダ[11]を盛った大きなスープ皿や、ニシンを入れた揚げパンや、米入りのピロシキが並んでいた。

ゲーニャは窓辺でテーブルに背を向け、これから自分の家に押し入ってくる賑やかで陽気で、仲良くできそうもない敵どものことを考えまいとしている……。

11　ビーツ、ジャガイモ、ニンジン、キュウリのピクルス、玉ネギなどの野菜を酢やサラダ油で作ったドレッシングで和えたサラダ。

どうやら好きな遊びにすっかり夢中になってきたようだ。新聞で帆のついた船を折っているのである。

ゲーニャは折り紙芸術の名人と言ってもよかった。これまで生きてきたうちの何千日もベッドの上で過ごした。秋にはカタル性炎症、冬には扁桃炎、春には風邪にかかったが、折り紙の角を折り曲げたり、折り目を正しくつけたりしながら、辛抱強く病気に耐えてきたのだ。枕元には、キリンが浮き彫りになった青灰色の表紙の本が置いてある。『楽しい時間』というタイトルの本で、著者は賢人であり魔法使いであり、この世で最も優れたM・ゲルシェンゾーンとかいう人だった。ゲルシェンゾーンは並外れた教師だったが、ゲーニャのほうもまた並外れた生徒で、この折り紙遊びに信じられないほどの才能を発揮し、ゲルシェンゾーンが夢にも思わなかった多くのことを思いついた。

ゲーニャは作りかけの帆船をいじりながら、客が来るのをびくびくして待っていた。子供たちは四時ちょうどに、一列に並んでやって来た。みんなの中で一番年下の色白の姉妹が、黄色いタンポポの大きな花束を持ってきた。他にプレゼントを持ってきた子はいない。

全員が行儀よく席に着き、母が褐色のサクランボの入った手作り炭酸ジュースをひとりひとりのコップに注いで言った。

「ゲーニャのために乾杯しましょう。今日はお誕生日だから」

みなコップを手に取り、カチンと杯を合わせた。母は回転式丸椅子を引いてピアノに向かって座ると、『トルコ行進曲』を弾き始めた。色白の姉妹は、鍵盤の上をあちこち飛び移る指を、魔法にかけられたようにじっと見つめている。妹の方はびっくりした顔をしている。今にも泣き出すのではないかというほどだ。

アイティルは落ち着き払ってヴィネグレート・サラダとピロシキを食べ、おばあさんは、ひとりひとりの子のまわりで何くれとなく世話を焼いている。いつもゲーニャの面倒を見るときとまったく同じように。

母はシューベルトの歌を何曲か弾いた。それは想像を絶する場面だった。粗末な身なりだが身体は清潔で髪をとかした十二人の子供たちが黙々とご馳走をたらふく食べている脇で、痩せた女性が軽やかに流れる音を奏でている場面。

誕生日会の主役は、手の平に汗を滲ませて皿に眼を注いでいる。音楽は、鳴りやむと開いた窓から軽やかに飛び去り、低音だけがいくつか天井のあたりにとどまっていたが、それもやがて他の音に続いて消え去った。

「ゲーニャ」突然おばあさんが優しい声で言った。「お前も弾いてみるかい？」

母はおばあさんに不安げなまなざしを送った。ゲーニャはもう少しで心臓が止まるところだった。だって、子供たちはゲーニャのことを嫌っているというのに。変ちくりんな苗字のせいで。飛び跳ねるような歩き方のせいで。長いマフラーのせいで。ゲーニャを散歩に連れ歩くおばあさんのせいで。そんな子たちの前でピアノを弾くなんて！

母はゲーニャの真っ青な顔を見て察し、助け舟を出した。

「また今度ね。ゲーニャは次の機会に弾こうね」

機転の利くワーリカがいぶかしげに、ほとんどうっとりこう口にした。

「弾けるんだ？」

……母は甘いパイを持ってきて、それぞれのティーカップにお茶を注いだ。丸いボウルには、とりどりのチョコレート菓子が入っている。ボンボンに、キャラメルに、包み紙にくるまれたキャンディ。コーリカは悪びれもせずばくばくと食べ、ポケットにまでお菓子をしまった。色白の姉妹はボンボンを舐め、次はどれにしようかと覗き込んでいる。ワーリカは尖った膝の上で銀紙のしわを伸ばしている。アイティルは、いかにも図々しい態度で部屋をじろじろ見まわしていた。しきりにきょろきょろ見ていたが、とうとうお面を指して聞いた。

「おばさん！　これだれ？　プーシキン？」

母はにっこり微笑んで優しく答えた。

「ベートーヴェンよ、ジェーニャ。そういうドイツの作曲家がいてね。耳が不自由なのに、素晴らしい音楽を作ったのよ」

「ドイツ人？」アイティルは警戒して聞き返した。

でも母は、急いでベートーヴェンへの疑いを晴らした。

「ベートーヴェンはずうっと前に死んだ人よ。百年以上も前。ファシズムが始まるずっと前にね」

おばあさんが口を開いて、このお面はゲーニャのお母さんがピアノの先生にもらったものだと言いかけたが、母に睨まれて口を閉じた。

「ベートーヴェンを弾いてあげましょうか？」と母が尋ねた。

「弾いて」とアイティルが答えると、母はまた椅子を引き出してくるくると回し、ゲーニャが大好きなマーモットの歌を弾き始めた。なぜかいつも可哀想なマーモット。

キャンディはもうなくなってしまったが、子供たちはいらいらした様子も見せずに大人しく座っている。ゲーニャはこの間ずっとひどく緊張していたが、緊張が解けると、誇りのようなものが初めて心に浮かんだ。何しろベートーヴェンを演奏しているのは自分のお母さんなのだし、だれも笑ってないどころか、じっと耳をすまし、力強く走りまわる指を見つめているのだから。母が演奏を終えた。

「音楽はもういいわね。何かして遊びましょう。みんな何して遊ぶのが好き？」

「トランプがいいな」コーリカが無邪気に言った。

「じゃ、ファント遊び[12]をしましょう」と母が言った。

だれもこのゲームを知らなかった。アイティルは窓辺で作りかけの折り紙の帆船をいじっている。母がルールを説明したが、だれも賭けるもの《ファント》を持っていなかった。複雑な編み込みおさげをしたリーリャはいつもポケットに櫛を入れているが、ファントとして差し出さなかった。なくなったら困っちゃうもん。アイティルは帆船をテーブルの上に置いて言った。

「これ、おれのファントにする」

ゲーニャは帆船を自分のほうに引き寄せると、さっと手を加えて完成させた。

「ゲーニャ、女の子たちにファントをつくってあげたら」と母が言い、テーブルの上に新聞紙と二枚の厚紙を置いた。ゲーニャは厚紙を一枚手に取り、一瞬考えて縦に折った。

男の子たちの坊主頭と、三つ編みをぎゅっと結わえた女の子たちの頭が、テーブルの上に屈みこんでいる。ボート、舟、帆のついた船、コップ、塩入れ、パンかご、シャツ……。

ゲーニャが仕上げのしぐさをするやいなや、待ちきれない様子の手が完成品をさっと取っていく。

「ぼくにも！　ぼくにも作って！」

「もう作ってもらったじゃない、図々しい！　次は私の番！」

12　めいめいが自分の持ち物からひとつ賭けるものを提供し、「課題」をこなしてそれを取り戻すゲーム。

「ゲーニャ、ぼくはコップ！」

「私は人！　ゲーニャ、人作って！」

みなファントだということも忘れている。ゲーニャは素早い手つきで折っては折り目を伸ばし、また折っては角を作っている。人、シャツ、犬……。

子供たちはゲーニャの方へ手を伸ばし、ゲーニャは紙でできた素晴らしい作品を配ってやる。みんなが微笑み、ゲーニャにありがとうと言った。ゲーニャが何気なくポケットからハンカチを取り出して鼻を拭いても、だれも目に留めないし、ゲーニャ自身も気にしなかった。

こんな気持ちは夢の中でしか感じたことがない。ゲーニャは幸せだった。恐怖も、敵意も、恨みも感じない。ゲーニャは他の子たちに何も劣っていなかった。むしろ優れているくらいだ。自分では何の意味もないと思っていたささやかな才能に、みんなが夢中になっているのだ。ゲーニャはまるで初めて見るように彼らの顔を見た。悪い顔じゃない。ぜんぜん意地悪そうな顔ではなかった。

窓枠に腰かけて新聞紙をいじっていたアイティルは、帆船を広げて自分で折ってみようとしていたが、うまくいかないのでゲーニャに近づき、肩に触れ、生まれて初めてゲーニャの名を呼んで話しかけた。

「ゲーニャ、ちょっといいかな、この次なんだけど……」

母は皿を洗いながら微笑み、石鹸で泡立つ水に涙を落とした。

幸せな少年は子供たちに折り紙のおもちゃを分け与えている……。

ВПЕР
К ПОБ
КОМ
ЛЕГЕНДА
СОВЕТСКОЙ
ШКОЛЫ

訳者あとがき

ここにお届けするのは、現代ロシアで最も名を知られ最もよく読まれている作家のひとり、リュドミラ・ウリツカヤの愛すべき掌編集である。収められているのは、子供時代にしか体験できないような奇跡をめぐる六編で、そのどれもが、ただの心温まるお話というのではなく、味気ない「日常性」を突き抜け永遠の「聖性」と「祝祭性」をまとって光り輝いているかのような物語である。

原作は、『Детство сорок девять（子供時代 四九）』というタイトルで二〇〇三年にエクスモ社から出版された。主人公は、一九四九年のモスクワとおぼしき町の一角に住む子供たち。おそらくウリツカヤが六歳だった一九四九年当時の自身の記憶にもとづいているものと思われる。

第二次世界大戦が終わって四年後のソ連と言えば、まだ戦争の惨禍が痛々しく残る、生活するのも容易でない時期であり、しかも「大祖国戦争」を勝利に導いた指導者としてスターリンがいよいよ独裁を揺るぎないものとした最終段階でもあった。しかし、戦後に子供時代を送ったロシアの人たちにとっては、この貧しく過酷な時こそが何物にも代えがたい大事な子供時代の一ページである。物語に描かれているひとつひとつのディテールが愛おしく懐かしい圧倒的なリアリティを備えたものとして迫ってくるにちがいない。

例えば、十一月七日の革命記念日を祝って街じゅうに掲げられた赤旗が雪に濡れ赤黒く変色してみすぼらしい姿をさらしている光景。戦争孤児。シラミ対策として髪に塗りつけた灯油。がらくたを商う古物屋。大きなスープ皿から家族みなが直接スプーンでスープをすくって飲む田舎の風習。屋根裏に打ち捨てられたサモワールの専用煙突。ベートーヴェンが「ファシズムの国」ドイツの作曲家だと聞いて警戒する少年……。こうした特定の時代、特定の空間に存在した生々しい日常が、天からの贈り物さながらに届けられた奇跡を介して、不朽の神話へと変容するその得がたい瞬間に、私たちは立ち会っているかのようだ。

その神話的雰囲気をさらに強めているのが、不思議な魅力と独特の色香を放っているウラジーミル・リュバロフの絵である。リュバロフとの関係についてはウリツカヤが序文に書いているが、ふたりはモスクワで似かよった子供時代を送り、その後も似かよったメンタリティを共有してきたという。

よく見ると、テクストと絵の内容は必ずしも一致しているわけではなく、それどころか互いにぜんぜん関係のないものもある。そんななかで「つぶやきおじいさん」に添えられた絵は、内容とぴったりマッチしているように見えるのだが、おじいさんが修理する時計について、テクストでは「レンガを思わせる形」つまり長方形とされているのに、リュバロフの絵に描かれた時計の文字盤は丸い形をしている。この違いをウリツカヤに尋ねたところ、リュバロフの絵はどれも、彼がこれらの掌編を読むずっと前に描いた作品であって、物語に合わせて描きおろしたものではないという。つまり、ふたりはたまたま拡大鏡をはめた時計修理屋のおじいさんをそれぞれの領域において（ウリツカヤは文学、リュバロフは絵画で）、細部は異なるものの、驚くほどぴったり重なるイメージで別々に表現していたということである。リュバロフの絵はウリツカヤの物語の理解を助けるための補助的なイラストではなく、両者がおのおのの個性を保ちつつ、同時に補完しあい融合しているのだ。同い年というこのふたりの出会いそのものもまたひとつの奇跡ではないかと思えてくる。

ちなみに、画家リュバロフも作家としての才能があり、『物語、絵』（GTO社、二〇一二）という自伝的な本を出している。この分厚いアルバムのような絵本においても、アイロニカルで愉快なテクストと、男たちのグロテスクな表情や女たちのふくよかなヌードのユーモラスな絵はつかず離れず、ユニークな世界をつくりあげている。

さて、子供時代を扱ったロシアの小説について少し触れておきたい。

ロシア文学の中で「子供時代」がテーマとして注目されるようになるのは十九世紀半ば頃からで、代表的な作品として、レフ・トルストイの自伝的三部作の最初の中編『子供時代』（邦訳のタイトルは『幼年時代』、一八五二）やセルゲイ・アクサーコフの自伝的回想記『孫ボグロフの少年時代』（一八五八）をあげることができる。

トルストイの語り手は、自分の幼い頃のことを「二度と取り戻すことのできない幸せな子供時代」と記し、アクサーコフは少年から大人に成長する自分の姿を「教養小説」風に描いた。また、イワン・ゴンチャロフの長編『オブローモフ』（一八五九）では、主人公オブローモフの見る夢が子供時代の描写に充てられているが、何不自由なく過ごした幼い日々がオブローモフの原点であり、幸せで牧歌的な「理想郷」とされている。いずれの場合も、裕福な貴族的環境にあった作家たちの自伝的な経験にもとづく「恵まれた幸せな子供時代」と言うことができるだろう。

それに対して、劣悪な環境で働かされたり虐待されたりしている子供たちに心を砕いていたフョードル・ドストエフスキーやアントン・チェーホフが描きだしたのは、まったく異なる子供時代だった。ドストエフスキーの長編『カラマーゾフの兄弟』（一八八〇）では、児童虐待が最大のテーマのひとつとして繰り返し議論されるし、祖父が農奴出身で、小さい頃に自ら体罰を受けた経験を持つチェーホフは、短編「ねむい」（一八八八）で睡眠もとれないほどこき使われている哀れな少女を描いている。このふたりの作品においては、子供時代は辛く苦しいものであり、けっして楽しく幸せなものとは言えない。

二十世紀に入ると、亡命第一世代の作家たちが描く子供時代には、幸福感とともに強烈な喪失感をも伴うという新たな特徴が加わった。「失われた楽園」としての子供時代が「失われた故郷ロシア」と重なり、時間的にも地理的にも隔てられて多分にノスタルジックな色調を帯びたためである。代表的な作品としては、貴族出身のノーベル文学賞受賞作家イワン・ブーニンの自伝的長編『アルセーニエフの生涯』（一九三〇）や裕福な商家出身の亡命作家イワン・シメリョフの代表的長編『神の年』（一九三三）がある。ウラジーミル・ナボコフが半生を振り返った美しく切ない自伝的作品『記憶よ、語れ』（一九六六）をここに含めてもいいだろう。

郷愁と結びつき「美化」されたこれら子供時代の対極にあるのが、マクシム・ゴーリキーの自伝的中編『子供時代』（邦訳のタイトルは『幼年時代』、一九一四）である。革命以前のロシアで子供たちがいかに非人間的なむごたらしい扱いを受けていたかが描かれているこの作品は、「虐げられたプロレタリアートの不幸な子供時代」というイデオロギーに取り込まれ、やがてゴーリキー自身が「社会主義リアリズムの父」に祭りあげられることになる。そして一九三六年には、「全国民の父」としてのスターリンがソ連の子供たちにあらためて「幸せな子供時代」を与えたとして、有名なスローガン「同志スターリン、幸せな子供時代をありがとう！」が現れるのである。

このように、子供時代の表象を見てくると、ロシア文学には伝統的に「幸せな子供時代」と「惨めな子供時代」の両極が存在していたことがおわかりいただけるだろう。ウリツカヤの『子供時代』はこうした「伝統」とは一線を画しており、内容からすると、自伝的作品とは言い難いうえ両極のどちらに与するものでもないし、形式からすると、六編の「連作」作品集というところが特異である。じつは、ウリツカヤにはもう一冊、子供たちを主人公にした『Девочки（少女たち）』（ワグリウス社、二〇〇〇）という短編集があり、それもやはり緩やかなつながりを持つ六つの短編から成っている（邦訳は『それぞれの少女時代』沼野恭子訳、群像社、二〇〇六）。こちらは、スターリンの亡くなった一九五三年前後のモスクワとおぼしき町を舞台にしており、本書の主人公たちより少し年上でおませな少女たちが登場する。

本書『子供時代』は、幼い姉妹ドゥーシャとオーリャが、雪の降る中キャベツを買うために延々と行列に並ばなければならないという冬の試練（「キャベツの奇跡」）で始まり、身体の弱い少年ゲーニャが近所のいじめっ子らに折り紙を折ってやり仲間として認められるという春の和解（「折り紙の勝利」）で終わっている。最後に置かれた物語は、あらゆるものが芽吹き花開く（才能も！）春に相応しい「緑色」のモチーフに溢れている。グリーンのスカーフ、幸せな葉っぱで破裂しそうな木々、永遠に緑や青の花、グリーンの衝立《ついたて》、清潔で青々とした中庭……。まるで少年の成長を「緑」＝「自然」が全力をあげて応援しているかのようだ。

ゲーニャの誕生会に集まった子供たちは全部で十二人。まるで十二使徒のようだが（なぜか藤田嗣治の『誕生日』という絵がしきりに思い出される）、この中には、奇跡的に一命を取り止めた「幸運なできごと」のコーリカもいれば、ぞくぞくしながら思いきりよく宝物を手に入れた「蠟でできたカモ」のワーリカもいる。名前は出てこないものの、黄色いタンポポの花束をプレゼントに持ってきた色白の姉妹とは、「キャベツの奇跡」のドゥーシャとオーリャではなかろうか。どうやら同じ中庭に面したアパートに住んでいる子供たちが順繰りに主人公になっていて、「折り紙の勝利」で一堂に会したようだ。そこではそれまで主人公だった子供たちが後景にしりぞき、いちばん不幸でかわいそうなゲーニャがみなに敬われるカーニバル的な逆転劇が進行する。それは、いじめや戦争といった不条理に対する、ゲーニャの折り紙や母のピアノという「芸術の勝利」を意味するとともに、子供時代の奇跡の華やかな祝祭性と厳かな聖性を象徴するものとなっている。

こうした連作としての構成も、上述の短編集『それぞれの少女時代』と共通している。本書『子供時代』と『それぞれの少女時代』は文字通り姉妹編と言えそうだ。

さらに、本書にはもう一冊、別の姉妹編がある。それは、『**Детство 45–53: а завтра будет счастье**（子供時代　四五―五三：きっと明日は幸せになれる）』（アスト社、二〇一三）という回想集で、ウリツカヤが編者をつとめている。ご覧のとおり、タイトルが本書に酷似していることは一目瞭然である（アイロニカルな副題がついているが）。こちらは、第二次世界大戦が終わってからスターリンが亡くなるまでの時期について一般の人々が綴った短い手記から成るいわゆるドキュメンタリーである。当時子供だった市井の「小さき人」たちにとって、日常の生活はどのようなものだ

УКСУС
ГОРОХ
1000
ГРЕЧКА

ったのか。子供時代が「戦後」だったというのは何を意味するのか。ウリツカヤの呼びかけに応じて寄せられたたくさんの手記が、食べ物、飲み物、洋服、共同アパート、遊び、ペット、学校、孤児院、障害者、捕虜、恐怖等といった章に分類され、写真とともに掲載されている（ウリツカヤ自身もいくつかの項目を執筆している）。

　おそらくウリツカヤは、戦後世代の「真実」を忘れずに残しておきたいという使命感に突き動かされてこの回想アンソロジーを編み、当時の雰囲気や手触り、匂い、気分などの「感触」を語りたいという思いから小説を書いているのだろう。本書が当時のレアリアを伝える匂い立つようなテクストとなっていることは、もはや繰り返すまでもあるまい。

　底本としたのは、*Людмила Улицкая.* Детство сорок девять. М.: Эксмо. 2003. である。二〇一三年にアストレリ社から「新装版」が出され、物語と中の絵はまったく同じだが、少し大判になり、序文が添えられ、表紙が差し替えられた。本書の序文は新装版から訳し加えたことをお断りしておく。なお表紙は、著者の希望により二〇〇三年版を用いた。

　最後に、この絵本を日本に紹介したいという私の長年の夢を叶えてクレストブックスに入れてくださった新潮社の斎藤暁子さんに心より感謝申し上げます。

二〇一五年五月

沼野恭子

Детство сорок девять

Людмила Улицкая

子供時代《こどもじだい》

著 者

リュドミラ・ウリツカヤ

絵 ウラジーミル・リュバロフ

訳 者

沼野恭子

発 行

2015年6月30日

発行者　佐藤隆信

発行所　株式会社新潮社

〒162-8711 東京都新宿区矢来町71

電話 編集部 03-3266-5411

読者係 03-3266-5111

http://www.shinchosha.co.jp

印刷所

株式会社精興社

製本所

大口製本印刷株式会社

乱丁・落丁本は、ご面倒ですが小社読者係宛お送り下さい。
送料小社負担にてお取替えいたします。
価格はカバーに表示してあります。

ISBN978-4-10-590118-9 C0397

CREST BOOKS

Shinchosha